KB164524

서로의 우는 소리를
배운 건 우연이었을까

창비시선 486

서로의 우는 소리를 배운 건 우연이었을까

초판 1쇄 발행/2023년 3월 10일

지은이/이동우
펴낸이/강일우
책임편집/박지영 박문수
조판/황숙화
펴낸곳/(주)창비
등록/1986년 8월 5일 제85호
주소/10881 경기도 파주시 회동길 184
전화/031-955-3333
팩시밀리/영업 031-955-3399 편집 031-955-3400
홈페이지/www.changbi.com
전자우편/lit@changbi.com

ⓒ 이동우 2023
ISBN 978-89-364-2486-2 03810

* 이 책은 2021년 대산창작기금 수혜작입니다.
* 이 책 내용의 전부 또는 일부를 재사용하려면
  반드시 저작권자와 창비 양측의 동의를 받아야 합니다.
* 책값은 뒤표지에 표시되어 있습니다.

서로의 우는 소리를
배운 건 우연이었을까

이동우 시집

창비

제 1 부

당신의 안부를 물었다

꿰맨 자국

　누구의 것일까, 물에 잠긴 이 꿈은

　바닷물이 빠지자 잠든 나무가 깨어난다 조수가 갯벌에 음각한 가지마다 푸른 감태가 무성하다
　탄피가 수북했던 숲, 멸종위기종이 많은 습지였다

　수술 자국을 만지며 내다보는 창밖, 갯벌 한복판을 가로막는 가시철조망이 설치되고 있다
　살을 파고들던 바늘의 냉기, 물뱀처럼 감기던 실, 형광등 빛이 흔들린다

　생살 양 끝, 실매듭이 벽을 잡아당긴다 팽팽해진 꿈은 늪처럼 한발 한발 내디딜 때마다 발목을 잘라먹고
　철사에 감긴 가로수를 본 적 있다 움푹 파인 곳은 꿰맨 자국 같았다 비명이 허우적대고 있었다

　목발이 삐끗할 때면 바닷물이 출렁거렸다 총성이 파도 소리에 박혔다
　갯고랑을 휘감으며 쇠가시가 넝쿨로 자랐다 농게가 집게

발을 들어 잘리지 않는 것을 자르려 했다 어둠이 달려들었다

덤프트럭이 인근 산들을 가시철조망 안으로 들이부었다
갯메꽃밭에 설치된 경고판
녹물이 샌다, 누구의 꿈인지 모를 꿈속으로

상괭이

나는 칠천년 전 반구대에서 태어났다
뼈작살과 돌살촉을 견디며
굳은살처럼 퇴적된 물살과 흙살을 헤쳐왔다

사연댐의 만수위,
철창에 갇힌 짐승처럼 울부짖으며 발톱을 드러낸 물
할퀴이고 뜯겨 나간 나는 희미해졌다

물에도 뭍에도 속하지 못한 채 익사를 되풀이하며
실안개로 흘레구름으로 떠돌다가
다른 넋들과 빗물로 부서져 내렸다

파고를 붙견디며 바다와 한 몸임을 증언하려 했다
나를 삼킨 생명들

벼릿줄에 지느러미가 잘리고 소용돌이에 휩쓸렸다
갯가로 떠밀려간 몸은
몽돌에 빻아지고 밀썰물에 흩어졌다

바람이 육지 깊숙이까지 실어 온 비린내
원시의 돌로 연곡 능선에 삶을 새겨온
인간의 질긴 시간 속에서 암각화는 여전히 자맥질 중이다

그믐사리, 고래좌가 눈물로 떨구는 성영을 받아먹으며
장생포와 반구대 사이에서 전생을 기억해내려 할 때
훅, 갯내와 흙내가 뒤섞였다

탯줄

물고기가 죽었어요
함께 산책하던 아이가 말했다
하천 쓰레기덤 속 잘린 나뭇가지였다
이파리가 지느러미처럼 흔들렸다
물줄기가 막힌 괴정천에는 웅어가 보이지 않았다
야윈 바닥엔 멍울만 쌓여 을숙도 하늘을 검붉게 물들였다
잔물결에도 갈대들이 술렁였다 쉬지 않고 날아온 도요새떼
모래톱 너머에서 갯바람이 지친 날개를 벗겨주었다
나는 나뭇가지를 주워 괴정 빨래터로 갔다
마른 적 없는 샘물줄기
물줄기를 감싸온 회화나무
우물 아래 물길
줄기는 끊어지고 끊어져도
하천으로 손을 뻗었다
육백년 한자리를 지켜온 회화나무 둥치 곁에
주운 나뭇가지를 가만히 놓았다 한때 괴정천을 헤엄치던
웅어는 나무줄기를 닮았다
허공을 엮으며 내리는 빗줄기
흠뻑 젖은 아이가 뿌리 주위를 뛰어다녔다

눈 감고 소리를 들었다
땅이 열리고 있었다

동물도감

그을린 표지
황폐해진 속지

탄내를 뒤집어쓴 바람이 잔불을 흔들어 깨운다
도감 속 동물들이 책장 틈 밖을 살핀다
겉장은 담장이 되지 못해 숲은 무방비였다
불은 데려갈 수 있는 것들을 모조리 삼켰다
남은 책장 사이사이 다친 동물들을
밀렵꾼이 닥치는 대로 잡아 빼냈다
황급히 책날개를 돌아선 아기 원숭이 한마리가 용케
제 페이지를 찾아 깊숙이 몸을 숨겼다
불탄 자리마다 검은 뼈가 글자처럼 쌓였다
칼리만탄 열대우림에서 나는 쓴맛
그을음 손으로 책장을 넘기다보면
수만년 서식지의 밑뿌리까지 까매졌다

오랑우탄
자바코뿔소
수마트라호랑이

잿더미 숲을 통째로 머리에 인 생명들이 페이지 너머로
서로의 생사를 묻는 밤
중장비 소리가 커졌다
동물들이 하늘에 내걸렸다

당신의 죄명은 무엇입니까?

쇠창살에 가려진 얼굴, 토막 난 표정을 이어 붙이며
당신의 안부를 물었다 날카로운 볕뉘에 분절된 울음이
우리 밖으로 굴절되었다
철창 그림자가 당신을 촘촘히 묶었다
우리가 깊어졌다
저 먼 곳에서 내다보는
당신과 눈이 마주쳤다

꿈속에서 당신을 보았다
설산의 심장을 움켜쥔 눈표범
고원을 누비는 거친 숨소리 따라
바람이 눈을 휘몰았고 산비탈이 발아래 엎드렸다
고승이 눈표범으로 환생한다는 히말라야의 전설
포효에 룽다가 나부꼈다

관람객들이 우리마다 빗금으로 늘어섰다
눈표범 인형을 든 아이가 당신에게 손을 뻗었다
죽은 인형의 눈은 감기지 않았다
당신이 철창 그림자를 물어뜯으려 했지만

우리 안 우리는
잡을 수 없어 견고했다

고지대까지 울타리가 쳐졌다
당신은 가축을 노렸고 인간은 총을 겨누었다
우리 밖 우리, 경계에서
쇠창살이 자랐다

당신 눈동자 안으로 펼쳐지던 라다크 설원이
더는 보이지 않았다
눈 없는 겨울이 이어졌다

양떼구름 도축하기

하늘에 불을 놓는다
갈라진 입술을 축이며 유목민이 기도문을 외고
퇴근길 골목마다 고기 굽는 냄새

목마른 땅을 딛고 선 풀들이 흔들린다
실핏줄 터진 허공이 내보이는 허기

서툰 칼질은 양들이 먼저 안다
피가 살을 찢고 흘러나온다

양털에 숨은 양, 얽히고설킨
죽는 건 처음이지?
너희는 죽을 때마저 순하구나

잘린 머리가 눈을 질끈 감고 있다
네개의 발이 서로 다른 쪽을 향하고

손에 밴 누린내를 잘라낼 수 있을까?

양을 양고기라 부르며
뼈에서 그림자까지 발라내는 입들

구름의 뼛조각이 목에 걸린다
바람이 먹구름의 탄내를 지운다
쌓여가는 불판은 풍장의 절차

등가죽 벗겨진 바타르 초원을 쓰다듬으며
울음이 되지 못한 울음을 하나하나
줍는 손길이 있다
양들이 돌아올 시간이 지났다

침식

방파제가 완공되어갈 즈음
어머니는 머릿속 돌이 커진다고 했다
자는 틈을 타
깊숙이 들여다본 어머니 머릿속은
갯녹음으로 해읍스레하게 질려 있었고
석회 가루를 뒤집어쓴 돌들이 서걱거려
바다풀이 자라지 못했다
조류가 틀어지고 너울이 할퀴어
마을 모래밭에는 돌무지가 생겼고
풍파에 돌들이 부딪히며 우는 소리를 냈다
우리는 급한 대로 모래 포대를 쌓았지만
해무 속 가쁜 숨비소리는 여전했고
해안도로가 무너져 구급차는 오지 못했다
장대비에 짓무른 바다가
갯비린내를 삼켰다
쓸려 나간 기억은 바뀐 물길을 타고
인근 바닷가에서 흩어졌다
홀린 듯 망사리를 집어 들고
집을 나선 어머니는 산방굴 겉불 아래서

손가락 틈으로 빠져나가는 모래알을
하염없이 지켜보았다
그믐달 깎이던 밤
테트라포드 송곳니 사이에서
마을 앞바다가 부서지고 있었다

서로의 우는 소리를 배운 건 우연이었을까?

두들겨 맞는 로봇 개
감전에서 감정으로 이어지는 손찌검
뒤섞이는 쇠와 피의 비린내
로봇을 따라 개가 운다

알베르토 광장에서 니체가 껴안고 울었다는
매 맞던 말과 눈이 마주쳤다면

체온이 같고 촉감이 같고 체취마저 같은

손, 하자 발을 내민다
머리를 쓰다듬으면 배를 뒤집는다

혀로 악수를 청하고
꼬리로 말을 건네는

커다란 눈망울로 내 주위를 빙그르르
그 둥근 세상이 좋아
꼬리가 만드는 금속성 리듬이 좋아

0101, 너는 룰 밖을 벗어나지 않지

어릴 적 말뚝에 묶인 백구는
1.0미터 남짓한 둥근 세상을 가졌었다
때론 필사적으로 원을 깨려 했으나
목에 감긴 쇠사슬은 단단했다

로봇 개가 제 눈에 나를 담는다

내 눈도 너로 가득 차고

복제되는 하울링

방화

꿈속 불길이 내 방으로 옮겨붙었다
귀신 머리처럼 산발한 너울

달궈진 팬에서 팝콘 터지는 소리가 커지고
화상 자국이 허옇게 벌어질 때
툭, 코알라 인형이 바닥으로 떨어졌다
갈증에 물을 벌컥벌컥 들이켰으나
스노볼 바깥은 좀처럼 식지 않았다

코알라는 '물이 없다'는 뜻의 원주민 말이라며
당신은 바싹 마른 인형을 건넸다
꿈속에 불이 일기 시작한 지난 계절부터
거실 유칼립투스가 말라갔다

하늘에 뿌리를 둔 까만 연기
잿빛 줄기가 땅으로 뻗쳤다
부서진 부리가 불탄 숲을 쪼고
회벽에 손톱자국을 남긴 숨탄것들

그을린 마음을 변기에 넣고 물을 내렸다
제자리에서 맴도는 물소리
남반구와 북반구는 휘는 방향이 달라
그런 소리는 별 도움이 안 된다며 당신은
소용돌이만 만지작거렸다

지구 반대편의 물난리
삽시간에 불어난 물은 불길이었다
그 거대한 아가리, 닥치는 대로 집어삼키는 식탐은
동아프리카 초원을 휩쓴 메뚜기떼와 닮았다

몽타주 대신 거울이 부착된 방화범 수배 전단
우리들의 발자국을 움켜쥔 채 굳어가는 지층
온몸에 물을 끼얹어도 탄내는 여전하다

알

잠들기 전 당신은 습관적으로 폰을 켠다
어둠 깊숙이 둥근 빛을 낳는 액정 화면

어디로 굴러떨어질지 모를 당신이
몇몇 기사에 잠이 묻어나는 댓글을 단다

철새가 당신을 콕 집어 알을 맡긴 건지
당신이 우연히 알을 주운 건지는 확실치 않다

조금만 품으면 부화할 거라고
철새가 비행할 드넓은 창공을 상상한다면
알을 깨는 건 있을 수 없는 일이라는 소란에
당신은 잠에서 깼다

맺힌 눈물 속으로 숨은 당신
눈물이 단단하다고
누군가 맨손으로 벽돌 하나하나 쌓았다고
이 안에 살코기가 이렇게 많은 줄 몰랐다고

당신은 눈물을 씹으며 헛배를 불렀다

실핏줄은 알이 품은 하늘 길
철근으로 날개뼈가 세워진다

당신의 품속이 철새 도래지라도 되는 양
집요하게 망원경을 들이대는 사람들

밤이 되면 밤 아닌 건 지워졌다

치킨은 철새다

배달의 민족, 그들이 도착했다

날개부터 먹으면 안 될까요? 안 될까요라고 하지 말랬지,
해도 될까요라고 해야지

영어로 '싱겁다'는 It's not salty 아무리 부정해도

염지된 닭은 날지 못한다 절인 밤을

씹고 우쩍우쩍 씹히고

cow는 beef, pig는 pork, sheep은 lamb인데 왜 chicken만
그대로 chicken일까?

한마리 더 시키면 안 될까요? 안 될까요라고 하지 말랬잖
아, 해도 될까요라고 해야지, 이 닭대가리야

좁은 철창에서 한달 남짓 산 어린 닭들, 토막 나고 튀겨져
서 종이 상자에 차곡차곡 담긴다

우리는 뼈를 뱉으며 웃었지 고고학자처럼 생의 흔적을 맞추며, 허공 골격을 더듬으며

기름내로 범벅된 닭장 같은 아파트, 알을 품은 새는 날지 않는다 날개 접은 오토바이들이 하나둘 철새 도래지로 모일 시간

치킨 박스가 죽은 닭처럼 문 앞에 버려져 있다

식탐에 관한 몇가지 소문

오후 6시를 쩍 —— 반으로 쪼개자
서녘으로 번지는 마블링
레스토랑이 비등점에서 끓어오른다
'오늘'이라는 신선한 식재료

양파를 썰며 잘려 나간 손톱을 잊는다
냄새가 자지러진다 지붕 위에 뜬 달을
조등이라고 우기는 사장, 주변을 떠도는
양파, 손톱, 달이 기다란 꼬치에 차례로
꿰인다 한껏 치장한 손님들이 차례차례
꼬인다 허기가 퇴근길 발걸음에서 증폭되고
SNS의 엄지손가락이 요란 떨수록
초짜의 손도 떨린다 떠는 것들이 주로
소문을 옮기는데 유독 식탐에 관한 것들은
쇠심줄보다 질기다

모차르트 현악 4중주 17번 「사냥」
도입부의 뿔피리 소리가 고기 굽는 냄새와
버무려진다 레어와 미디엄 사이로 초원이

펼쳐지고 바람 끝을 씹는 송아지가
희미하게 보였다 사라진다
불을 통과할 때 소에게 마지막으로
지글지글, 울 기회가 주어진다
들판에 핀 어린 로즈메리를 닮은 선율
접시 위 풍경이 잠시 멈춘다

테이블마다 넘치는 미소엔
송곳니가 감춰져 있다
비명을 씹는 우아한 몸짓들
요리사들이 종일 뛰어다니지만
세상의 허기는 여전해
레스토랑은 연중무휴로 운영된다

복면의 계절

죽은 배우가 나오는 재방송
수년이 지난 이 봄,
그의 미소는 그대로다

긴급 재난 문자가
그를 검색하던 폰 화면에
불쑥 끼어든다

꽃이 지고 사망자가 늘고

벚꽃 잎 날리는 거리
흰 복면들이 떠다니는

당신의 표정을 읽을 수 없습니다

꽃 진 자리마다
초록 이파리들이 자라나
비슷비슷하게 보이는 나무들

올려다본 우듬지,
나무와 나무 사이
짙푸른 하늘이 흐르고

속살 깊숙이 다녀가는 햇살

사람과 사람 사이
한 사람만큼의 빈자리

그 거리

꽃은 전염되지 않아 다행이야
라는 당신 머리 위로 병든 계절이
쿵! 떨어지고

전 지구적으로 환자가 폭증한다는 속보

사월의 눈동자를 들여다보며

한적한 거리에 생긴
이전엔 없던 거리를 재어본다

이유와 이후[1]

계속 대기하시려면 1번,

연락처를 남기시려면 2번을

눌러주세요[2]

벚꽃이 지면 벚나무는 잊힌다[3]

더워지면 잦아들 거라는 기대는 지고

마주치는 게 민폐라며

나는 아니라며[4]

마스크[5] 안에 숨어

읽고 읽히던 일상을 기억해내려 하지만

이전이라는 망각의 동물[6]

봄에서 억지로 여름을 끄집어내는 동안

몇 년 같은 며칠이 지나고

변이 바이러스[7]가

비 맞은 잡풀처럼 올라오는

이유[8]와 그 이후[9]를

1 COVID-19, 격변의 시대가 근본적인 변화를 일으킨다. 팬데믹이 사회를 개조하고 더 나은 미래를 건설할 계기가 될지, 기존의 불의가 더 악화하는 사태를 만들지 지금으로선 알 수 없다. (피터 베이커 「"우리는 정상으로 돌아갈 수 없다"」, 『창작과비평』 2020년 여름호)

2 사회적 거리 두기가 강화되면서 전화 주문과 문의가 빗발쳤다. 2020년 3월 10일, 서울시 구로구 콜센터 직원 28명이 확진 판정을 받았다. 밀집된 공간에서 이루어지는 장시간의 업무 특성상 예견된 사태라는 의견이 지배적이다. (김관욱 「바이러스는 넘고 인권은 못 넘는 경계, 콜센터」, 『창작과비평』 2020년 여름호)

3 비대면과 대면하기. 한 시스템이 치명상을 입어도 다른 시스템이 보완해줄 수 있다는 주장. 우리가 전통적 사회망을 손상시킨다고 비판하던 디지털 기술이 지금 우리를 지켜줄 수 있을까? (한겨레, 2020년 6월 3일자 27면 발췌)

4 확진자는 동선과 함께 개인 신상이 까발려졌다. 전염병은 인간의 가장 추악한 면을 끄집어낸다. 코로나19 확산으로 혐오의 '폭탄 돌리기'가 이어졌다. 처음 확진자가 발생하자 중국인과 중국 동포를 향한 편견이 노골적으로 드러나더니 해외 입국 교민, 특정 지역, 성소수자들에게 잇따라 혐오가 쏟아졌다. 하지만 '그들'에 대한 편견과 차별은 어느 시대, 어느 장소에나 존재했다. 유대인, 무슬림, 난민, 흑인, 장애인 등으로 얼굴을 바꿔갈 뿐이다. (경향신문, 2020년 5월 15일자 섹션 발췌)

5 정부는 '마스크 수급 안정화 대책'의 일환으로 '마스크 5부제'를 실시했다. 지정된 날에만 공적 마스크를 구입할 수 있도록 한

것이다. 이는 코로나19 확진자 증가로 마스크 수요가 급증함에
도 수급이 불안정한 상황에 따른 대책으로, 2020년 3월 9일부터
시행됐다. 이후 마스크 수급 상황이 개선됨에 따라 6월 1일부터
마스크 5부제가 폐지됐다. (식품의약품안전처 홈페이지 안내)

6 언택트의 삶은 누군가 매일 위험을 무릅쓰고 타인과 콘택트해
야 가능하다. 2020년 3월 12일 새벽, 폭증한 배송 업무를 처리하
던 '쿠팡맨'이 사망했다. 미지의 타인과 연결되지 않으려는 신
경증 덕분에 우리는 이 사회의 모든 사람이 얼마나 촘촘하게 연
결되어 있는지를 비로소 깨닫게 되었다. 인류가 생존을 위해 해
야 할 일은 글로벌 가치 사슬을 디지털화하고 비대면 산업을 육
성하는 등의 비즈니스만이 전부가 아니다. 우리는 우리 사회가
이제껏 언택트해왔던 이웃의 삶에 콘택트해야 한다. (한겨레,
2020년 6월 3일자 27면 발췌)

7 박쥐는 동굴 등에서 수백만마리가 집단으로 서식하고 수명이
길며 다른 포유동물보다 체온이 높아 항바이러스 단백질이 활
성화돼 있다. 종 다양성이 높기 때문에 많은 바이러스가 서식하
기에 맞춤하다. 단 하루, 바이러스가 한 세대를 거치는 데 필요
한 기간이다. 일반적으로 바이러스는 세포에 감염되고 세포 속
에서 후손 바이러스를 만들어내는 데 하루면 충분하다. (최강석
『바이러스 쇼크』, 매경출판 2016)

8 천연두, 소아마비처럼 인간만 침범하는 바이러스는 백신 개발
로 인해 거의 박멸됐다. 우리 앞에 놓인 최대 위협은 사람과 동
물 모두에게 전파되는 '인수공통감염병'이다. 최근 40년 동안
관련 사망자는 전 세계 2900만명이 넘는다. 바이러스 입장에선

종을 뛰어넘는 것은 '승산 없는 도박'과 비슷하지만 성공한다면 전혀 다른 존재로 살아갈 수 있다. 인간이야말로 바이러스에겐 가장 먹음직스러운 존재가 아닐 수 없다. 어쩌면 인수공통감염병이 창궐하는 이유는 "바이러스가 특별히 인간을 표적으로 삼아서가 아니라 인간이 너무 많이 존재하고 주제넘게 자연을 침범하기 때문"이다. 콰먼은 "인간은 자연계와 분리할 수 없는 존재"임을 강조하면서도 "개인의 분별 있는 행동과 선택"이 감염률을 낮출 수 있다고 말한다. (데이비드 콰먼 『인수공통 모든 전염병의 열쇠』, 강병철 옮김, 꿈꿀자유 2017)

9 물리적 거리 두기가 시행되면서 사람 발길이 끊긴 곳마다 땅과 물과 하늘이 한껏 자유를 누리며 치유되고 있다. 항공기에 부딪혀 목숨을 잃던 새들은 자유로이 창공을 날고, 공해 배출량이 줄어들며, 보이지 않던 저 너머의 풍경들이 보이기 시작했다. 맑아진 공기는 사람 목숨을 구한다. 자동차 운행이 줄면서 교통사고 사망자가 줄었다. (한겨레, 2020년 4월 13일자 19면 발췌)

묻힌 울음과 묻는 울음, 그 물음을 회피한 겨울이 지나고

새순 돋듯 흙을 뚫고

뼈가 솟았다

터진 땅의 물집

봄비와 침출수가 한데로 흐른다

제 2 부

슬픔 없는 나라로

담쟁이

그들은 벽에 붙어살았다
오래 떠돈 이들이 뿌리내릴 수 있는 곳은 바다였던 여기,
벽뿐이었다 경암동 철길 옆 구석
짓무른 잎 손톱 사이로 빠져나가는 쇳소리
속살을 헤치며 쇳덩이가 지나칠 때
벽은 벼랑이 되었다 호루라기와 차단기 소리
철로를 옆구리에 끼고 버틴 하루가 검붉게 내려앉고
벽인들은 잎에 쌓인 쇳가루를 입으로 게워냈다

열차가 버리고 간 벽에 남겨진 잎사귀들이
군산역 쪽으로 귀를 바짝 세우자 그날이 되새겨졌다
위태롭게 매달린 것들을 떠다박지르는 외풍이
대야 들녘 쌀을 긁어모아 새벽을 부수고
잎심을 가로질렀다 줄기들은 얽히고설켜
한쪽이 끊어지면 다른 쪽으로 버텼지만
신문 용지를 실은 열차가 지날 때마다
앙가슴을 내주어야 했다 내주고 내줘도
그들이 붙어사는 사연은 한줄도 나오지 않았다

하늘 뿌리는 녹슨 철근

쇳내가 잎맥을 치받았다

차창을 두드리는 덩굴손

막아서는 잎자루, 갈라진 잎몸에서 피가 흘렀다

침목과 침묵 사이로 열차가 들어왔다

뒷벽 너머 갯내

찰박찰박 흔들리는 밤바다를 찢는 바람

벽에다 아이를 재우는 사람들이 그려낸 점묘화

벽화에서 철거 벽보로

세상은 수직으로만 자랐다

그림자처럼 묶인 이들

암벽에 바투 붙은 잎들

저 작은 날개를 얼마나 파닥여야 그곳에 닿을 수 있을까요?

새를 섬기는 화타이족은
망자가 조장을 거치면 다시
태어난다고 믿는다 아이가 죽었을 때는
부모의 옷으로 단을 쌓은 뒤 작은 시신을 올린다
하늘에서 내려온 새들이 이른 죽음 곁에 늦도록 머물고
남겨진 가족은 환생의 전조인 동녘 별을 기다린다

의류 수거 업체에서 일하는 화타이족 타시라 부부
집 근처 어린이집은 아이를 받아주지 않았다
원장은 다르다를 틀리다로 말하고는 자신의 말을
틀리게 알아듣는다며 다른 말만 이어갔다
진종일 찻길 옆에서 혼자 놀던 아이

쿵! 작은 새가 부딪힌 순간, 투명 방음벽은
제 몸을 깨서 충격을 덜고자 했으나
멀리 날기 위해
가볍고 순하게 진화한 두개골은
쉬이 부서졌다
죽음 위로 차들이 넘어갈 때마다

하늘이 덜컹였다
타시라 부부는 옷가지로 쌓은 단 위에
영정 사진을 올리고
밤새워 아이 별을 찾았다

바다의 통점

희미해지는 너를 붙잡고
물기를 닦는다

마당에 내놓은 나무 의자는
젖고 마르기를 반복하고

창문에 네 이름을 적으며
빈방을 견뎠다

부은 눈을 감으면 비가 온다

새떼를 삼키는 노을
두 손 모으는 마리아상

누군가 두고 간 울음소리를 주워
바람 흉내를 냈다

인적 끊긴 골목에 갯비린내가 배고

어둠과 등 대고 버티는 바다
파도는 끊임없이 안기고
뭍은 밀어내고

짜다

무릎 꺾으며
제 걸음 도로 개키는 파도

남겨진 이들의 외침이
해무에 엉킨다

낭독회

'슬픔 없는 나라로 너희는'을 다시 붙여보지만
행사 내내 '슬픔'과 '너희'는 번갈아 떨어지고

사회자: 오늘은 4월 16일입니다
다 같이: 1138번째 4월 16일입니다

차분히 원고를 읽어 내려가는 참가자들
모든 이야기는 그날의 이야기가 된다
「바다의 통점」을 들고 내 차례를 기다린다

삶이 멈추지 않아서 꽃을 들고 걸었다
노을이 떨어지는 방향으로 새로운 창문을 달았다
너의 미래 너의 어른 너의 소설
사람이 되어가는 건 왜 이렇게 조용할까?
사람의 이야기를 끝까지 듣고 싶었다
우리 안에는 아직 아름다운 것들이 남아 있다
흩어진 신발을 모아 짝을 맞추는 일
이제 아무도 울지 않는다
우리가 누운 광장에서는

이렇게 모여, 우리는 사람의 말을 이어갑니다
그래도 네 이름을 되뇌면
집으로 데려다주고 싶은
잡은 손에 힘을 주었다*

소설 「별것 아닌 것 같지만 도움이 되는」의 낭독 파일이
팟캐스트에 올라왔고 노래 「천개의 바람이 되어」가 라디오
에서 흘러나왔다 롤빵을 먹어보라며 건네는 빵집 주인의 말
소리 아침엔 종달새 되어 잠든 당신을 깨워주겠다는 목소리

잊지 않겠다며 가슴에 달던 노란 리본을 이젠 4월에만 꺼
내 단다 4·3 동백꽃 옆에…… 4월이면 가슴이 답답해진다는
어느 시국 사건의 유가족…… 흔들리면서 피는 4월의 꽃들
늙은 채로 죽지 않는 황무지의 무녀처럼 팽목항에도 죽지
않는 바람이 불어

짜다

결국엔 사라진다는 그 말이 싫어 필사적으로 어둠을 쪼는

작은 새 눈 감아 밤이 어둡다 어둠 속 호명 기억의 벽 추모 벤치에 새겨진 이름들 몸과 몸을 잇대어 바닷물에 길을 내려는 노란 띠

　사회자: 함께 대답을 들어야 합니다
　다 같이: 그때까지 멈추지 않겠습니다

　꽃들이 운동화를 신고 떠나는 오후
　나는 편지를 쓰러 자주 해변에 온다
　작은 파도를 따라가는 커다란 파도
　너는 이제부터 살아남은 사람이야
　우리가 오래전 나눈 말들
　우리의 눈이 마주친다면
　모두 모이면 한 사람이 완성된다
　아주 작은 질문을 할 것이라고
　우리는 서로의 안부가 되고
　다시 약속한다
　젖은 꽃잎들이 바람을 밀어 올리고
　슬픔 없는 나라로 너희는**

 * 304낭독회(https://304recital.tumblr.com) 소책자의 제목을 그
   대로 나열하였다. 일흔네번째 낭독회부터 예순한번째까지.
** 마흔네번째 낭독회부터 서른세번째까지.

마지막 자장가

마음에 총탄이 박힌 뒤론
우리는 죽은 자였다

죽순처럼 비석이 솟았다

물안개 터진 속살,
굳게 닫힌 문과 굳은 응어리
걸쇠에 손대면
입속까지 녹내가 번졌다
군홧발 소리가 희미해졌지만
빈집은 덧나고 곪았다

진혼제 소리에 아기 울음이 커졌고
쌍굴다리로 빗발치는 총알
너덜너덜해진 밤
개울물 소리가 아기를 삼켰다*
꽤꾕 — 꾀굉 — 꽹과리가 울자
넋대 쥔 입에서 흘러나오는 학살 자장가
시취로 뒤덮인 빈호아 마을이

제상의 국화와 짓밟혔다

총성 품은 춤사위가
곡성을 어둠 끝까지 몰아갔다
노근리 옹벽에 찍힌 발톱 자국은
피란민 가슴속 탄흔
목울대 잃은 이들이 울부짖고
탄약 섞인 빗물에 눈이 먼 아기**
베트남 곳곳에 증오비가 섰다

제 몸 물어뜯으며 되짚어가
진창에서 건진 우리가
우리 손을 스르르 빠져나갈 때

무덤을 덧포개는 피비린내
죽은 자가 산 자에게 불러주는 자장노래

* 노근리양민학살사건을 다룬 영화「작은 연못」에서.
** 동상 '베트남 피에타'의 모티브가 되었다.

뼈 밭

전시회 '동백이 피엄수다'를 다녀와서

우두둑우두둑 소리에 놀라 멈춰 선 곳

「뼈 밭」*이다

다리뼈, 등뼈, 머리뼈…… 널린 뼛조각

4·3과 여순의 뼈들도 묻힌 골령골

앙상한 넋들이 「성역」** 주변을

배회한다 두개골 같은 돌을 이고서

묶이고 꺾이고 깨지고 뒤엉킨

형제묘와 백조일손지묘

뼈만으론 숨 쉴 수 없어

만성리 언덕에 돌을 던지고

사계리 자락에 돌을 쌓던 사람들

손으로 한줌씩 파낸 흙에서

마디와 마디가 잇닿았다

그날과 오늘을 관절처럼 이은 사진에서

칠십년 세월이 돋새김 된다

한획 한획 원혼의 뼈를 더듬은 연필화

버려진 나무를 태워 남은 뼈를 추린 인두화

물감으로 철사로 보릿대로

핏줄을 잇고 속살을 채워가며 피운 꽃

그날이 흘린 피를 빨아들인 동백이
뿌리 내린 진자리, 묏자리, 넋자리
이 땅 어디를 파도 뼈 밭이다
디딜 때마다 커지는 우두둑 발밑 소리
뼛속이 뜨거워진다

  * 임재근의 사진 작품.
** 이찬효의 설치미술 작품.

목탄화

허공에 목탄을 긋자 생살 타는 냄새가 났다

그을린 여공들
불탄 목구멍에 갇힌 밭은소리

노동은 고무보다 질겼다 신발 제조 공정마다
스민 땀내, 헛구역질에 끼니를 걸렀다

하늘에 돌을 던지는 자들이 늘었고
눈먼 새들이 날아올랐다

목탄 가루를 문지르고 문지르면
까매지는 소녀들의 밤

매캐한 향내가 퍼졌다

입 가진 자들은 침묵했고 돌들만 일어섰다 주저앉고
그때마다 손에 쥔 목탄이 뚝뚝 부러졌다

꺾인 나뭇가지 위로 죽은 새가 돋았다
울음을 갖지 못한 것들은 잎보다 크게 떨었다

부산진역 앞에서 또 일이 났대
공장 지붕 위로 내리는 비
어룽지는

* 부마민주항쟁에 참여한 추송례 선생의 일기와 관련 기사를 참
  조하였다.

두 세계

다초점 렌즈가 펼쳐 보인 시계(視界)
미로처럼 꼬인 잔손금을 들여다보다
날뛰는 길들을 손바닥 깊숙이 묶고
만화경 속에서 나를 건져냈다

가까운 세계
먼 세계

새 안경은 어떠냐고 묻는 P에게
나는 토막 난 길에서 휘청였던 얘기는 잘라먹고
"숏컷 잘 어울리네"라고만 했다
감기도 빗기도 편하다던 P가
쓴웃음 지었다 같은 길이여도 성별에 따라
커트비가 다르다며

익숙한 세계
낯선 세계

올림픽 때 논란이 된 양궁 선수의 숏컷

뭇 시선이 과녁에 박힐 때마다
미간에 금이 갔다 길이 길을 삼켰고
머리칼과 활이 엉켰다
렌즈 밑 싱크홀에서 솟은 고사목
막다른 길이 덧머리로 늘어졌다

보이던 세계
보이지 않던 세계

티브이 속 안경 쓴 출연자가 늘었고
우리는 색안경을 벗게 되었다
잠수함 속 토끼처럼 숨을 들이마시며
주위를 두리번거렸다 적응 중이었다
하나의 세계였다

먼지 차별

커튼을 열어젖히자
햇빛과 뒤엉키며 먼지가 뿌옇게 일었다
오랜 잠에서 깨어난 듯
손바람을 따라 꿈틀거리는 먼지들
마치 거대한 몸통 일부를 건드린, 아니
내가 그 안에 삼켜진 착각
먼지 속에서 산다는 걸 잊곤 한다
잘 보이지 않는
있는지도 몰랐던
구석구석 쌓인 먼지를 닦는 내게
딸아이 장난감을 치우며 집사람인지 배우자인지가 물었다
시댁인지 시가인지에 갈 때
아가씨인지 여동생인지의 선물로 뭐가 좋겠냐고
유모차인지 유아차인지가 어때?
그럴까? 곧 아이가 태어날 테니
대화가 출산율인지 출생률인지로 이어질 즈음
라디오에서 퀴즈가 흘러나왔다
젖병인지 수유병인지가 상품으로 걸린
우리는 청소를 멈추고 귀를 세웠다

바이러스 입자가 왕관처럼 생겼다고 해서 '코로나'로 부르는데요, 불어에는 명사마다 성별이 있지요. 그렇다면 프랑스 한림원이 정한 '코로나19'의 성별은 무엇일까요?

아내는 아프고 어둡고 슬픈 말은 대개 여성명사라며
체머리를 흔들더니 이내 풀던 퀴즈를 내동댕이치곤
걸레를 집어 들고 욕실로 향했다
몇번 비비지 않았는데도 물이 까매졌다
나는 먼지를 닦는 척 라디오에 집중했지만
디제이가 준 힌트는 듣지 못했고
내 답은 오답이었다
슬그머니 주변 켜켜이 쌓인 먼지를 털어냈다
청소기 소리가 커졌다

턱

부딪힌다 부딪친다 아스팔트에 빠진 발, 일렁이는 길, 혜
화역 바닥을 기어오르며 끊어진 길을 이으려는 몸부림, 쏟
아진 창자처럼 길이 구불구불하다 숨어 살던 존재들이 머리
를 내밀면 댕강 잘려 나갔다 어둠을 지탱하는 바큇살, 사람
과 길이 뒤섞이자 발끝에 통점이 모였다 굽은 뼈와 잘린 뼈
가 폭우로 내린 날, 휠체어에서 손목을 그은 소녀는 문밖 구
덩이들을 풍선으로 날리는 꿈을 꾸었다

발밑 압화

당신의 붉은 외침이 벽으로 옮아간다 꽃이 질 때 어떤 꽃
은 피고

분리 장벽을 마주한 휠체어, 거대한 그늘이 덮친다 철조
망이 출렁이고 방탄조끼 입은 비둘기가 난다 꽃을 던지는
시위대, 총구는 왜 다리만을 겨누는가? 무화과나무에서 열
리지 않는 건 꽃이 아니라 문이었다 문 없는 돌집, 길을 핥으
며 가는 당신, 울퉁불퉁해진 자신을 게워낸다 멍울이 선다
입안 가득 찢긴 잎을 문 서녘, 다시 바퀴 소리가 커진다 흙먼

지가 인다 휠체어와 턱의 대치가 길어진다

* 그라피티 작가 뱅크시는 팔레스타인 분리 장벽에 「풍선에 매달
려 장벽을 넘는 소녀」 「방탄조끼를 입은 비둘기」 「꽃을 던지는
시위대」 등을 그렸다.

오보

인도와 차도는 나란하다

쇼윈도를 들이받은 마을버스가
모로 누워 있다

철조망 앞에서 우는 난민 소녀
죽음의 땅에서 핀 꽃들

벽에 나란히 걸렸던 두 사진이
충격에 떨어졌다

사람들이 건너고 차들이 달리고
나타났다 사라지는 횡단보도

마주친 강아지가 나를 따라왔다
깜빡이는 신호등
우리는 금 앞에 멈춰 섰다

지금 넘어도 되는 걸까?

강아지는 남았다

다시 차들이 달리고 길이 사라지고
도로를 사이에 두고 마주한 너와 나

대관람차에 가려진 해를 본 적 있다
눈을 감아야 선명했다

가까워지는 앰뷸런스 소리
뒤돌아보지 않았지만

난민 소녀가 쓰러지고
꽃들이 짓밟히는 게 보였다

내 눈에는 나만 보이지 않았다

탭댄스

일찌감치 나는
철거되지 않는 하늘을 택했다
내동댕이쳐질 때마다
과장된 스텝을 밟았다

엇박자의 현란한 발재간으로
단숨에 쳐들어온 철거반

절뚝이는 내 스텝
무너진다
땅바닥을 박박 기는 그림자 새

이제 한동 남았다
울컥 솟아오른 달, 그래
넌 언제나 옥상에서 떴지
고향을 헐어 성형한다는 말

지붕 위에서 통통 튀는 빗소리처럼
내 스텝도 한없이 가벼웠으면

요란했던 춤음악은 끊겼고
파헤쳐진 땅을 디딜 때면
오줌을 지렸다

암전 그리고 넘어지는 소리
다시 암전
나는 어떻게든
무대 핀조명 안으로 들어가려
안간힘을 썼으나
어둠에 부딪혀 밀려나기 일쑤였고

고층으로 뻗은 줄기
버려진 탭댄스 슈즈
땅 밑 짓눌린 소리

엑스트라

(등줄기를 타고 오토바이가 질주한다)

끼이익, 당신들 코앞에서 급정거!
움찔하셨나? 당신들도 달려봐
팝콘처럼 터지는 함박눈, 난 입을 벌려
받아먹지, 달리지, 발에 차이는 캐럴
신호음으로 시작되는 레이스, 액션!
길 위 찌푸린 시선들이 내 멱살을 잡는다
멈추면 사라져, 돌파하기 위해선 속도를 높여야 해
110데시벨의 경음기가 괴성을 내지르고
점퍼는 독기로 부푼다
그제야 두 바퀴 밑에 놓이는 길
자, 한바탕 놀아볼까
사방으로 튕겨 나가는 허튼 그림자들
차들의 경적과 상향등
주연배우처럼 주목받고 싶다가도
헬멧 안으로 숨게 되지
타인은 언제나 시야에서 멀어지지
길은 원래 불친절한 거야

엑스트라를 위한 레드카펫은 없어
신속 배달을 위해 8차선 대로를 단숨에 끌어당겨
액셀을 당겨! 더, 좀더
튀는 불꽃과 고무 타는 냄새
정지신호를 부수고 달려야 더 바삭거리지

(덜컹, 세상이 슬쩍 내민 발에 걸려 뒤집힌 오토바이
튀겨진 성탄 전야를 들이받고)

로켓 배송

혈관 속을 치달리는 로켓
덩달아 나도 할딱이고

잠든 아파트를 깨우지 않으려는
조심스러우면서도 조급한 피돌기

밤이 붓거나 터져도 로켓처럼 움직여야
가능한 새벽 배송

수백개의 택배 상자가 펼치는 아찔한 군무에
잠 설친 계단이 뒤척이고

지친 장딴지마다 악다구니처럼 툭툭 불거진 핏줄
로켓이 로켓을 들이받는다

급한 대로 가쁜 숨 욱여넣으며 뛰어보지만
밤을 헛딛는 소리

송장 주소가 불분명해도 확인 전화를 걸 수 없어

햇발 털어낸 콘크리트 벽 속으로
머리를 들이밀고 두리번거린다

마감 시간을 알리는 독촉 문자
목구멍은 새벽으로 가는 유일한 길
빈속을 채운 커피믹스가 신물을 밀어 올린다

복도가 스르르 똬리를 푼다
살갗을 스치는 밤 비늘의 한기
수혈 마친 새벽 해가 붉다

개기월식

별의 죽음,
마지막 빛이 도착한 굴뚝 위
한 사내가 사라진 항성과 만난다
공중 멀미를 참으며 공전하듯 몇걸음 내디디며
수백일째 태엽을 감는 중이다
난간 현수막에 갇힌 구호가 바람에 깎인다
살별과 떠돌이별을 뒤로한 채
막막한 우주를 홀로 건너온 빛의 여정
별이 뜨지 않아도 지난밤 자리를
물끄러미 바라보는 눈빛이 있다
안테나가 침묵이라는 주파수를 강요한다
순응했다면 이미 중력에 몸을 맡겼겠지
아픈 곳이 중심이라며
지구의 폐부를 깊숙이 찌르는 굴뚝
유성이 떨어질 때 그의 눈동자는
어둠을 가르는 불덩이의 궤적을,
마지막에서야 자신을 드러내는 삶의 방식을 좇는다
차갑게 식은 몸이 대기권에서 한줌의 빛을 내뿜으며
남긴 이야기는 무엇이었을까

굴뚝 주위를 포위한 인공위성들
아슬아슬한 궤도가 만든 조수 간만의 차
숨탄것들이 개펄에서 쓰러지고 일어서고 꿀꺽,
그림자가 달을 삼키자 굴뚝 위 인광이 내달린다
몇만광년인지도 알 수 없는
저 먼 곳을 향해

유리벽

여의도 빌딩 숲 한구석,
여자가 유리창을 닦고 있다
손이 닿지 않는 창 바깥쪽 얼룩에
얼굴이 얼비친다 팔을 뻗어보지만 밖은 허공

화장실을 걸레질할 때 사람들은
여자를 못 본 척했다
투명하게 닦으면 닦을수록
여자도 투명해져갔다
"청소 작업복의 비밀이 뭔지 알아?
이 옷을 입으면 투명 인간이 된다는 거야"*

꽈당, 바닥 타일 위로 미끄러진 빛살
서둘러 여자가 물기를 닦는다 얼굴에 핀 기미처럼
창밖 얼룩은 그대로다 용역 업체에서 나눠준
작업 조끼에 조악하게 인쇄된 장미는
진작 지워졌다 동트기 전
어둑한 유리창은 여자를 오롯이 그려냈다
날이 밝고 사람들이 출근하자 유리는

여자를 깨끗하게 지웠다

서커스

그녀는 웃으라는 말을 자주 들었다
억지로 당겨진 입꼬리, 몰래
꼭두각시 줄을 끊어낸 그녀 입속에
가시가 돋쳤다, 빨리
콜을 당기라는 팀장의 고함 소리
몸속 불이 켜졌다
하루 수백통의 전화를 받으며
문신처럼 새긴 억지웃음과 높은 톤의 목소리는
퇴근 후에도 검질기게 이어졌다
센서라도 달린 듯
다가오기만 하면 저절로 탁,
켜지는 불, 반복되는
막무가내식 항의 전화로 그녀의 귓속에는
침이 고였다 조명 뒤에서 웃는
피에로의 눈물이 진해졌다 그러거나
말거나 벨, 소리, 아슬아슬한
줄타기는 계속되었다
상황판이 달아올랐고 마스크 탓에
귓등이 쓰라렸다 질끈 눈 감아도

서커스는 끝나지 않았다
불이 꺼졌다 켜질 때마다
옆자리 직원들이 하나둘 사라졌다
세상을 한번 뒤집어야 하는데
허구한 날 자기 속만 뒤집어진다는 동료
사무실 빈자리에서 도깨비불이
날아다녔다

결근

비틀어 짰다, 새벽꿈에서 건진 방을
흐르는 것들은 머리맡에 고였다
휘둘리지 않으려고 뒤척이다보면
이불 밖으로 두 발이 삐져나왔다

아무리 밤과 안개를 갈라놓아도
밤안개는 자욱했다
자려고 누우면 누군가 내게 말을 걸어왔다
'언젠가'는 슬픈 말이다
듣는 이 없는 잠꼬대를 이어갔다

품속에 내 방을 숨겨 출근한 날들
전화벨 소리가 옷장까지 들어차곤 했지만
이부자리와 함께라서 조금은 안심되었다

잠귀를 찌르는 소음
내가 탕진한 고요 탓일까
그는 식은 커피를, 나는 뜨거운 커피를
상처라고 말했다

"고요에서 만나"
그는 시간을 말하지 않은 채
어제 꿈만 질겅질겅 씹었다
황급히 따라나선 밤 계단
무릎에 붙은 시퍼런 껌을 씹으려다 말았다
내 꿈속을 유유히 걷는 그를 보며
나는 방을 잃어버린 사람처럼 두리번거렸다

빛 부스러기 던져주며 키운 어둠이 결국
촛불을 잡아먹었다는, 그런 악몽이 빼곡히 적힌 일기장
굳은 촛농 밑 시옷 받침 한개가
이불 밖으로 삐져나온 내 발 같아서
슬쩍 덮어주었다

폐전선

전봇대 위에 걸쳐놓고 힘껏 당겼다 길은 휘어지기 쉬운 재질이어서 제멋대로 꼬이기 일쑤였다 흉터처럼 불거진 과속방지턱, 종일 과적 차량에 까이고 쓸리고 이면도로는 코드가 뽑힌 채 군데군데 파여갔다

흰 붕대를 조심스럽게 벗기듯 경비원 K가 공장 진입로에 쌓인 눈을 치웠다 요즘 부쩍 다리가 붓고 저릿하여 병원을 찾은 K에게 의사는 혈액순환이 문제라고 했다 막힐 듯 끊길 듯 느려진 혈류

해무 짙었던 그해 여름, 변압기 주변에서는 타다닥, 스파크가 튀었다 구릿빛 팔뚝의 젊은 K가 갈라진 허공을 용접했다 불꽃은 건설 중인 해안 고속도로를 타고 성난 파도의 아가리 속으로 치달았다

절룩이는 걸음으로 재촉하는 출근길, 찌릿찌릿 전류가 다리를 타고 땅속까지 흘렀다 디딜 때마다 길이 움찔거려 K는 자신의 등뼈에 기대어 어깻숨을 몰아쉬었다 발목을 거머채는 길을 뿌리치며 멀어지는 일터를 잡으려 할 때

갑작스러운 폭설, 허공 길이 툭툭 불거졌다

절반의 얼룩, 말

"그 돈으론 이 동네에서 반지하밖에 못 구해요"
공인중개사는 근엄한 얼굴로 친절하게 말했다

층층이 흘러내리는 벼랑들

짓무르지 않는 GMO 토마토처럼 탱글탱글한 집을 갖고
싶었어요 유전자 가위로 곰팡이 벽을 오려내요 특정 DNA
를 잘라내면 균처럼 퍼진 가난이 사라진대요 방바닥과 천장
이 뒤집혀요 하늘을 밟고 달리는 기분, 뽀송뽀송한 흙이 젖
은 숨을 쪽쪽 빨아 먹어요

내뱉은 말이 얼룩지고, 이내
비명으로 풀린다 캄캄해진다
소란에 물뱀들이 모이고 나는
눈먼 땅꾼처럼 바닥을 더듬는다

"수도세는 식구 수대로 청구합니다"
집주인은 친절한 얼굴로 근엄하게 말했다

물 덮고 자는 밤

그림자에 물때가 낀다

창틀 화초가 땅 위로 손을 뻗는다

살아 있는 척

내 몸에서 장마철 빨래 냄새가 난대요 주섬주섬, 마른 흙
내를 긁어모아요 훔쳐 갈 것 없는 집에 촘촘히 쳐진 방범창,
갇혀서 나갈 수가 없어요 콰가*가 밀렵꾼을 피해 곰팡이 초
원으로 뛰어요 범람하는 나이르제강, 나는 피투성이 발을
핥아요

질긴 소음은 쉽게 내통하고 아무렇지 않게 똬리를 튼다

뼈와 벽 속 미열, 머리를 흔들어보지만

맹렬히 자라나는 젖은 숲

저예산 영화

#1. 조감독 P

당장 나가서 귀신고래의 물기둥을 찍어 오라는 감독, 나는 회식 내내 죽은 고래처럼 술잔 사이를 떠밀려 다녔다. 술내와 간내로 뒤범벅된 환승역. 쩌억 ── 지하철 문이 열리고 구부정한 잡어들이 쏟아져 나왔다. "혹시, 귀신고래를 보셨나요?" 뒤집히지 않으려는 지느러미들. 뻐끔거리는 입들. 숨은그림찾기가 수수께끼가 될 때 인파와 함께 바다 쓰레기가 밀려왔고 버려진 플라스틱마다 죽은 숲이 담겨 있었다. 컨베이어 벨트 위에 얹혀 가는 귀신고래가 보였다. "고래씨, 물기둥은 어디 있나요?" 시나리오와 영상이 너무 달라서 촬영장은 자꾸 가라앉았다. 컷! 컷! 감독이 다급히 외쳤지만 허공을 찍는 카메라는 멈추지 않았다.

#2. 단역배우 L

맞물린 톱니바퀴 속 단역배우를 위한 특수 효과라고는 초침 소리뿐. 태엽이 다 풀려도 시간은 멈추지 않았다. 한움큼의 약으로 버티거나 이 악물고 뛰거나. 나는 초식동물임을 들키지 않으려 가짜 송곳니를 끼우고 과장된 몸짓으로 춤을 추었다. 비명마저 말풍선에 갇히는 편집이 배제된 롱테이크. 횡단보도 앞에서 잠시 너울이 일기도 했으나 젖지는 않았다. 욕조에 몸을 담그자 송곳니가 흐물거린다. 있는 힘껏 몸을 파닥여봐도 아직은 낯선 물속, 그저 그때그때 주어진 배역에 충실하기로 한다.

#3. 스태프 K

밤샘 촬영 요구에 그저 웃은 건 처세도 체념도 아니었다. 단지 필름이 돌아야 한다는, 돌아버린 것들의 멀미일 뿐. 반사판이든 식판이든 뭐라도 들고 반짝이고 싶었는데, 아주 많거나 빛나는 것들에겐 나도 모르게 존댓말을 하게 된다. 굳게 닫힌 창을 열어젖히고 온갖 가능성에 대해 소리쳐도 모두 파도에만 귀 기울였다. 촬영장 주변을 밤낮으로 돌고 돌았다, 멀쩡한 사람처럼.

#4. 앵글의 안팎

자, 다들 꾸물대지 말고 서둘러! 바다에 도착하면 끝난다
면서요. 버텨야 해, 아직 분량이 충분치 않거든. 등장인물이
거의 다 죽었다고요. 재앙에 비극을 보태다보면 그럴싸한
이야기가 나오게 돼 있어, 그 정도는 돼야 함부로들 지껄이
지 못하지. 무고한 죽음들 뒤에 살아남은 미소를 결말이라
고 할 수 있나요? 정해진 건 없어, 둘은 셋이 되고 셋은 여럿
이 되었다가, 혼자가 될 때까지.

(배를 약탈한 바다, 우리는 해안선을 따라 일렁였다. 바다
는 다 품는다고 했는데, 보이는 거라곤 백사장 위 죽은 거품
들. 있지도 않은 세계나 오지도 않을 미래를 기다린다, 끝이
궁금해 떠나지도 못한 채.)

제 3 부

밤이라는 빈칸

악수를 풍선과 바꿀 수 있을까요?

부푸는 소리로 새벽 시장을 가늠합니다
거래를 위해 필요한 건 환율도 도량형도 아닌
딱한 사정입니다

풍선이 숨 가득 양떼구름을 들이마십니다
저는 바람에서 달콤한 냄새만을 골라 맡습니다
손사래가 꼭 거절의 의미는 아닐 겁니다
풍선을 부느라 당신은 말이 없습니다

풍선이 커질수록 앞다퉈 악수를 청하는 손들
뒷짐 지고 당신은 뜸을 들입니다
마지막일지도 모를 일, 저는 미소를 잃지 않으며
셔터를 누릅니다
사진에 담긴 구름을 제 것이라고 우겨봅니다
잘라내도 금방 자란다면 기꺼이 나눌 수 있겠습니다

가진 거라곤 웃으며 당신에게 건네는 악수뿐
여백을 의식하며 구도를 잡아봅니다
빛은 치우쳐 있어서 늘 그늘이 생깁니다

명암이 사진에 숨을 불어 넣었다고 말할 수 있을까요?
풍선에 매달려 이곳을 빠져나가고 싶습니다
닫힌 울타리, 양들은 보이지 않고
목양견의 눈치를 살피는 구름만 보입니다

오래 허기져서 오히려 속이 편했습니다
고마웠다고 당신께 인사했었나요?

사실은 풍선 속이 텅 비어 있다고
제가 본 것에 대해 일절 발설하지 않겠습니다
총구가 턱밑까지 들어와도
그러니까 악수는 비밀을 공유하는 형식입니다

배후

무대는 무대 위에 서지 않는다

등불이 꺼지자 숨죽인 객석, 원형극장은 금방이라도 터질
듯 만석이다

막이 오르기 전
그것은 그저 돌바닥이었는데

주기적으로 불타는 폐허를 딛고
의심과 야유를 넘어

맹목적으로 쌓아 올린 돌 제단, 무대는 거리낌 없이 허물
을 벗어 던진다 허공을 장악한다 거세지는 겨울비, 아무도
종기처럼 박힌 무대를 도려낼 수 없다 죽은 배우의 노랫말
과 오늘의 대사가 겹칠 때 듣는 자들의 심장이 폭발하고

무대는 경외의 대상이 되었다
다수가 열망하지만 소수만을 허락하는

반복과 반전, 그건 재탕도 표절도 아니었고

귀먹은 자들, 귀 막은 자들이 거리에 넘치고 극은 점점 배
타적으로 흐르고

무대는 번식에 능했다 변하는 건 없었다
다만 두꺼운 가면이 흔해졌고 그 뒤편은 늘 들끓었다

못하거나 못 하거나

"누군가 박살 나야 끝나는 그런 결말은 아니었으면 해.
일단 박히면 하나가 될 거야. 포옹이든 드잡이든,
빼낸 자리와 박힌 자리가 모여 숨을 집을 지을 거야, 숨 쉴 집을."
하지만 목소리는 목소리에 묻혔다.

망설이면 휘거나 튕겨 나갔다 두들겨 맞은 내 몸은 지쳤고
맞은 내가 누군가를 또 때린다는 데에 진절머리가 났지만

상대를 찍어 누르려는 쇳소리, 두통에 온몸이 흔들렸고
딛는 발끝에서 길이 쪼개졌다

서로를 망치려 애쓰다보면 내가 휘두른 말이 내 손을 찔렀다

뜨거워진 몸은 좀처럼 식지 않았다 뭐든 재로 만들 기세
였고, 달궈진 손이 닿는 곳마다 불이 옮겨붙었다

산불은 바위를 끄집어냈고 그곳엔 아무것도 뿌리내리지
못했다 쇳덩이와 돌덩이가 부딪치며 불꽃이 튀었다 뿔 세운
산양들이 돌산을 다급히 뛰어올랐다

절벽과 절벽을 잇는 다리는 무너졌다 수직의 대지에 매달

려 거꾸로 자라던 산봉우리가 뽑혀 나갔다

벽 속 일렁이는 못, 그 안에서 허우적거렸다

매미 소리

당신과 마주 앉은 이곳은 스피커 전시장이다 나무 위에 악착같이 매달린

증폭 장치들, 소리가 절정일 때 또 한번의 변태가 일어나고 주법이 단절된 옛 악기처럼

텅 빈 내부, 뛰쳐나온 소리들이 하늘 깊이 잠긴다 스피커 성능을 찻잔 속 떨림으로 실감하는

한낮, 그늘이 소리 속으로 걸어 들어간다 바람에 나뭇잎들이 서로 부딪치는 폭포수 소리에

옹이가 입을 연다 여름이 넘쳐흐른다 숲에선 아무도 시끄럽다고 불평하지 않는다 소리 안에서

소리가 붐빈다 당신이 돌멩이 같은 단단한 소리를 깨고 나왔으면 하는 바람

고출력 소란에도 꿈쩍 않는 당신, 숲 건너편에서부터 무

성해진 소문이 스피커를 통과할 때

　오해는 뾰쪽해진다 화살은 과녁에 도달하지 못한다 날아
간 궤적을 해명이 뒤늦게 따라붙지만

　소리를 지혈하는 덩굴손, 상처에 청각을 맞추는 우리, 몸
밖에 몸이 있고 죽은 소리가 퍼진 곳까지 어두워진다

갈증

술병은 혀가 없어 공허를 적시지 못한 채 저 혼자 타올랐고 술과 병 사이에서 검은 숲이 자랐고 나무들은 낙뢰를 삼키며 버텼고 목맨 자의 발이 아직 땅에 닿지 않았고 버려진 거죽에서 뿌리가 뻗는 날에야 숲의 자궁이 열린다고 단절은 숱한 절벽을 만들고 왜 밤이 죽어야 하냐는 악다구니 속에서 빈 병은 관이 되고 관 속에 밀어 넣은 전생에서 죽은 얼굴들이 떠다니고 봉인된 입에서 헛구역질이 났고 빈 병이 식은 피로 채워지기 전에 떠나야 한다고 그게 술과 병이 헤어지는 방식이라고

칼바람이 덧댄 그늘을 헤집자 아문 밤의 환부가 아우성쳤고 그을린 밤비 맞으며 병들이 흐느꼈다고 그럴 때 병은 금이 간 악기였다고 취한 병(病)들이 죽은 새처럼 널렸고 썩은 살을 맞대고 서로를 건넜다고 술병은 요절한 노래 속에서 술병이 아니었던 때부터 다시 술병이 아닐 때까지 비 내린 길섶에 우두커니 서서 입술을 깨물었다고 새들이 둥지 대신 제 무덤에 숨었고 바닥은 바닥을 길게 펼쳐 보였고 그건 그간 걸어온 길의 터진 살덩이라고

비가 비를 짓이겼고 젖은 피부를 만져보면 의외로 생채기가 많았고 그래도 술병은 소스라치지 않았고 다만 지친 길고양이처럼 깊은 눈만 감았다 떴고 눈빛은 안개를 닮았고 사나워진 녹음에 베인 발소리가 들렸고 발자국을 품은 진흙의 낯빛이 진해졌고 허공은 물비린내로 자욱했고 숲길이 숲을 갉아 먹는다고 밤길도 떠내려간다고 빗물은 탯줄을 되감아 돌아가려 했고 술병은 빗물을 한없이 게워냈고 밤의 가시가 돋았고 장대비가 거세졌지만 모두 갈증에 시달렸다고

헌팅 트로피

숨 가쁘게
사냥 지도를 따라가다보면
총구는 나를 향해 있고

눈밭 사냥터를 돌다가
만난 내 발자국

내린 눈처럼 가지런한

벗어나려 해도
나를 집어삼키는 발자국에

발자국을 얹다가
올려다본 하늘 천장

쏟아지는 뾰족한 시선들

내 안에서 날뛰는 열등감을 사냥하느라
삼킨 단내에 뭉뚝해진 하루

차마 부럽다고 말은 못 하고
너는 참 많이 잡았구나, 중얼거리며

남은 자리를 가늠한다

사냥으로 잡은 나를 당당히
저 벽에 전시하고 싶었는데

내 머리통에 대고 수없이 갈긴
손가락권총은

한번도 장전된 적이 없어서
발자국만 깊어진다

빗길

그럼에도 나는 낭비되지 않고
어둠을 갱신하며
처음 와본 거리에서
서로를 갉아먹던 그들과의 지난밤을
놓아주려 하고

빗물은 어떠한 것도 탐하지 않으며
잠시 품었다가 흘려보낼 뿐

적신다는 건 움켜쥐지 않고
상대에게 스미며
살포시 안아주는 거라고

물을 붓고 기다리면
자라나는 것들이 선명해지고

한바탕이었다고 해두자

지금처럼 잊힐 때까지

퍼붓는 소나기였다고

흔들려도 매달리며
난파되어도 구조될 거라 믿으며
나의 표류를 맡길 수 있는

빗방울을 어설프게 흉내 내다보면

맹목적으로 불빛을 쫓게 되고
갇힌 자리에서 흔들리게 되고

다 내준 빈 몸

목덜미를 물린
물멀미에 지친

누수

낮은 하늘을 지탱하는 가로수가
버스 안을 들여다본다

촉수를 지닌 나뭇가지

차창 유리가 와장창 깨지는 상상
빗방울이 유성우처럼 쏟아지는

젖은 몸이 방언을 흘리고

물의 살갗과 내 살내가 뒤엉켜
버스가 덜컹인다

들창 같은 눈꺼풀을 치켜뜨자
붉은 십자가들이 떠오르는 낯선 동네

감춰 온 달을 녹여 먹으며
밤을 비벼 끄려 하지만

닫아도 닦아도 새어 들어오고

미련도 집착도 없다는 듯

나무가 쫄딱 젖은 개처럼
몸을 턴다

결국엔 밀쳐내는 관계여서

절개된 밤의 단면

몸은 어디에 체온을 저장할까

이곳저곳에서 물이 샌다

새가슴

내 안에서 새가 부화한 뒤
하늘을 볼 때면 가슴이 두근거렸어
터지려는 숨
참아가며 숨기려 해도
날뛰던 새가 먼저 잠드는 일은 없지
내 곁에서 죽게 될 것들을
하나씩 꼽아보고

누가 누굴 가두었다고

보이지 않는 새를 남들은 금세 알아보고
새소리가 들린다며 비웃지

새를 내쫓으려 텅 빈 몸 요란하게 흔들다가
어르고 달래는 것도 더는 못 하겠어서
부들거리는 손으로 죽지를 잡고
내팽개치자 꽁지깃 떨며
죽은 척하는 새

의기양양해진 나는 가슴 내밀고 비행하듯

밤을 걷고 날지만

눈뜨면 새장 같은 내 방

가두고 갇히는

구조적 열패감

내향성 발톱을 이해하려다 손톱깎이를 내려놓았다 편견
에 굴복했으니 우리는 소원해졌고

아치의 견고함을 맹신한 대가는 붕괴보다 가혹했다

잘못 자른 지난밤을 보듬다보면 피가 맺혔다

앞질러 가는 이들의 옆모습
천천히 멀어지는

나는 절뚝이지 않으려 발톱에 힘을 준다

나섰으니 가야 할 곳이 있었을 텐데, 짙은 그늘 속으로 파
고들기만 하는

헛도는 나사가 주는 통증에 대해

뽑아야 합니다 그는 발톱을 적대시하며 말했다 심하면 발가
락을 절단해야 합니다

딛는 곳마다 앓는 소리가 났고 몸은 몸을 가두는 감옥이
었다

그의 발톱과 마주쳤다 어색해서 먼저 활처럼 웃고는 오래
후회했다

숨겨지지 않았다

용서를 강요받을 때

홀로 취한 것도 죄가 될까

떠다니는 말들이 아문 상처까지 헤집어
스스로 빚어 올린 독에 갇혀 꽃 한송이 피운다

이따금 누군가 간절하지만
갈마드는 덴 가슴

꽃그늘처럼 떤다

심연에서 만나기로 하고
덩그러니 혼자 남을 걸 알기에

어둠에 깍지를 끼고

깨물어서 아플 손가락은 잘라냈다

용서라는 꽃말 덧덮으며
또다시 엎드려 물줄기를 잇는다

무릎을 껴안다 얼굴마저 파묻고

젖은 흙, 빈 몸뚱이를 쓰다듬는다

옅은 잠귀
날 부르는 소리, 소리, 소리

떨어진다

잠깐만 한눈팔아도 꽃받침에
거미줄이 보이고 뒤돌아 앉으면

이끼가 낀다 밤에서 밤으로
멍 자국 숨기며 새가 난다

백야

알비노를 앓는 밤, 암막 커튼 두른 스톡홀름의 여름 창들이 늘어섰고 눈이 부신 이방인은 둘러보는 것조차 힘들었고 질긴 빛을 짊어진 그림자가 헐떡였고

희디흰 옷을 입은 도시가 서성였고 표백된 표정은 한낮의 느린 종소리 같았고 찌르는 듯한 눈의 통증이 심해졌고 그건 누군가 주술 인형에 바늘을 꽂는 거라며 집시들이 중얼거렸고

나프탈렌 냄새가 진해졌고 하이힐이 짓이긴 감라스탄 뒷골목에서 밭은기침 소리가 간헐적으로 들려왔고 아직 못 한 말과 하지 말았어야 했을 말이 뒤엉켰고

아무것도 적을 수 없는 백지, 그 이름을 잊지 않으려 되뇌는 음성이 커졌고 두 눈을 흰 천으로 휘감고 발목을 바닥에 담그면 밤의 태엽을 감는 네가 보였고

화상 자국

당신이 켠 성냥불에 어둠이 타들어갔다

구멍 난 밤에서 민낯의 내가 삐져나왔다

센서등

사라질까봐 뒤돌아보길 주저한다
너는 또 보이지 않고 나는 구덩이를 판다
깊어서 빠져나갈 수 없다 물구나무서서
땅을 든다 는개처럼 내리는 불빛
그림자극이 시작된다
찰나에게 용기를 주고 싶었다

현관 우산에서 흐르는 빗물
가지런히 정박한 신발들
저녁 항구는 적막하다 젖은 피부가
부레를 찾고 폭우가 거세진다 하늘에서 바다로
물길이 이어져 수평선은 무의미해지고
구름까지 헤엄쳐 간 고래
너는 돌아오지 않아도 좋다

달에서 벗어나려는 파도의 몸부림
마저 끄지 못한 꽁초 같은 별이
깜박깜박 농간을 부린다
몸속에서 달빛이 들끓는다

이전은 이후보다 못 한 말이 많아서
밤이라는 빈칸이 필요하다

오르골

음악은 또 하나의 천체래,* 눈 감고 우주에 귀 기울여봐, 한 곡이 끝날 무렵 죽음을 긋는 유성

다시,

실린더가 바늘에 긁히는 소리, 이내 몸속으로 쏟아지는 유성우, 강렬한 색에 전율하지, 너는 몇백 년 만의 우주 쇼라며 반기겠지, 누가 여기서 멈출 수 있겠니?

색이 번지고, 그랜드피아노 주위로 치솟는 소리 기둥, 클라이맥스에서 폭발하는 초신성

다시,

지구는 반음, 화성은 완전5도, 목성은 단3도, 토성은 장3도**

스타카토! 스타카토! 순한 귀를 할퀴는 괴음, 궤도를 이탈한 행보, 덧난 상처로 남지만

몸은 소리를 입은 음악이야, 동심원 안에서 상대의 몸짓을 따라 해봐, 언제든 우주의 태엽을 다시 감을 수 있잖아

토라에 선율을 붙여 천년이 넘도록 함께 부른 히브리인, 혼자가 아니라는 안도

저길 봐, 하늘 악보가 펄럭이고 있어

 * 알퐁스 도데.
** 요하네스 케플러.

편두통

나를 찾아다닌다 머릿속 벌레는 보이지 않고, 물음표 몇 개만 달그락거린다 땅속에 아가리를 키우는 도시의 하울링

가렵지만 긁어지지 않는다 파충류의 뇌가 포효한다 휘발 되는 눈빛, 날개가 무거워 날 수 없다

손바닥을 오므리자 길들이 지구 모양으로 접힌다 섬들이 서로 부딪치지 않으려 안간힘 쓴다

원만한 자전을 위해선 가시를 빼내야 하는데, 그래도 나 는 지도가 좋다 거짓을 말하니까

우리 집에서 못질은 안 된다 박은 자리마다 도지는 병, 벽 과 못과 망치의 애증, 관계엔 손톱자국이 많다

나는 우리를 기다리고 우리는 나를 기다리고, 서로를 견 디다 뒤죽박죽된 일상

흔해빠진 나, 스스로를 사면하기로 한다

극의 기원

그림자에 색을 입힌다 그림자는 그림이 되고 그리는 자의 그리움이 된다 낮을 그리워하는 그림자가 제 가슴에 먹그림을 그리다 그을음만 남기고 탄내 나는 어둠이 그린 냄새, 호수 위로 밤그림자가 풀어진다 그물에 잡힌 그림자가 파닥인다 멧부리에 찔린 달, 산그림자가 벌판 끝으로 내달린다 그림자와 그림자가 섞여 또다른 극(劇)이 된다 커튼 사이 불빛, 벽에 걸린 호수가 뜨거워진다 새들이 난다 물그림자가 깨진다 풍경이 액자 밖으로 넘쳐흐른다 그림자가 자화상을 낳는다 눈 뜨면 늘 그 자리였다 모든 걸 품는 그림자엔 상처가 없다 나는 내 그림자와 체온을 나눈다 나뭇잎 그림자가 벽지에 다닥다닥 매달렸다 여름내 내 방에, 내 몸에 뿌리 내린 것들 이파리 하나 똑 떼어내자 초록 그림자가 난다

사근진 해변

민박집 커튼을 한껏 부풀리는 바닷바람
그 절정을 엿보다가, 정작
들킨 건 나였다

대학 시절, 선후배들과 심은 단풍나무
낮에도 별을 볼 수 있게 됐다는 그들을 등지고
홀로 새벽 첫차에 올랐다

손끝에 닿을 듯 닿지 않는 잔별들
내 발치로 질까 늘 조마조마했다

바닷물에 뿌리 내린 단풍나무
사리 때면 심하게 흔들려
퇴근길 내 걸음도 위태로웠다
몇십광년 너머의 빛을 그러쥔 늦가을
서랍 속 파도 소리가 끊이지 않았다

이젠 민박집 주인이 된 대학 친구는
막이 오르기 전

객석의 침묵을 잊지 못한다고 했다
나는 변명하지 못했다

소주잔을 연신 부딪치며 우린
멸치 몸에 말라붙은 해풍을 되살렸고
파도에 끌려다니는 바다를 해방시켰다
이십년 만의 의기투합이었다

가슴속 오래 품은 치어들을
사근진 앞바다에 풀어놓고
단풍나무 둥치에서 올려다본 하늘
낮별이 쏟아졌다

다르게 살아가는 생명을 발명할 때

김영희

생명의 파괴

파괴되었다. 이동우 시인의 첫 시집 『서로의 우는 소리를 배운 건 우연이었을까』는 지구적·사회적·개인적 차원의 파괴 형상과 "꿰맨 자국"(「꿰맨 자국」)의 묘사로부터 시작된다. 기후 위기, 코로나바이러스 팬데믹, 인권과 동물권의 붕괴를 '생명'의 차원에서 성찰하는 것인데, 시인은 생명에 대한 성찰이 어째서 죽음과 멸종에 대한 서사로 이어지는지를 사실적인 인식과 서정적인 음조로 보여준다. 파괴의 기원은 "그 거대한 아가리, 닥치는 대로 집어삼키는 식탐"(「방화」)에 있을 것이다. 영구적인 허기와 갈증으로 작동하는 자본의 식탐은 숲을 삼키고, 도축의 식탁을 차린다. 기후 재난 현상과 코로나바이러스 팬데믹은 자본주의 경제 시스템의 부조

리와 환경 파괴의 위기라는 측면에서 서로 연결되어 있다. 파괴의 전장(戰場)에서 인간은 "돈이냐 목숨이냐"라는 절망적인 계산을 하고,* 동물은 빠르게 멸종하거나 멸종위기종으로 전환된다. 그리하여 『서로의 우는 소리를 배운 건 우연이었을까』에서 우리는 생명 있는 것들의 비명을 듣고 "우는 소리"를 배운다.

　누구의 것일까, 물에 잠긴 이 꿈은

　바닷물이 빠지자 잠든 나무가 깨어난다 조수가 갯벌에 음각한 가지마다 푸른 감태가 무성하다
　탄피가 수북했던 숲, 멸종위기종이 많은 습지였다

　수술 자국을 만지며 내다보는 창밖, 갯벌 한복판을 가로막는 가시철조망이 설치되고 있다
　살을 파고들던 바늘의 냉기, 물뱀처럼 감기던 실, 형광등 빛이 흔들린다

　생살 양 끝, 실매듭이 벽을 잡아당긴다 팽팽해진 꿈은 늪처럼 한발 한발 내디딜 때마다 발목을 잘라먹고

* 슬라보예 지젝 『잃어버린 시간의 연대기』, 강우성 옮김, 북하우스 2021, 92면.

철사에 감긴 가로수를 본 적 있다 움푹 파인 곳은 꿰맨
자국 같았다 비명이 허우적대고 있었다

목발이 삐끗할 때면 바닷물이 출렁거렸다 총성이 파도
소리에 박혔다
갯고랑을 휘감으며 쇠가시가 넝쿨로 자랐다 농게가 집
게발을 들어 잘리지 않는 것을 자르려 했다 어둠이 달려
들었다

덤프트럭이 인근 산들을 가시철조망 안으로 들이부었
다 갯메꽃밭에 설치된 경고판
녹물이 샌다, 누구의 꿈인지 모를 꿈속으로

———「꿰맨 자국」 전문

시인은 갯벌 한복판에 가시철조망이 설치되는 공사 현장
을 수술 과정 일부와 겹쳐놓는다. 살을 가르고 파헤치고 봉
합하여 "꿰맨 자국"을 남긴다는 면에서 그렇다. "갯고랑을
휘감"고 있는 철조망의 쇠가시는 마치 갯벌을 "꿰맨 자국"
처럼 보인다. "살을 파고들던 바늘의 냉기, 물뱀처럼 감기던
실"은 갯벌의 부드러운 흙 위로 철조망이 박히는 순간을 갯
벌의 '통점'으로 감각해볼 수 있도록 해준다. 갯벌 공사는
수많은 생명체를 죽음 속으로 매립하고, 수술은 병을 치료
하기 위해 몸의 일부를 손상한다는 점에서 서로 맥락이 통

한다. "탄피" "총성" 등의 전쟁 이미지는 "꿰맨 자국"을 파괴의 형상과 연결한다. 철사가 몸통을 파고든 나무들도 동일한 운명에 놓여 있다. '쇠가시가 박힌 갯벌'도 "철사에 감긴 가로수"도 모두 제 몸에 "꿰맨 자국"을 가지고 있다. "움푹 파인" 그곳에선 "비명이 허우적대"며 흘러나온다. "수술자국을 만지며" 이 현장을 바라보는 인간 또한 예외는 아닐 것이다.

그렇다면 시의 시작과 끝을 차지하고 있는 '꿈'이란 무엇일까. 첫 문장에서 꿈은 "물에 잠"겨 있으며, 마지막 문장에선 꿈속으로 "녹물이 샌다". 그런데 시를 읽고 나면 꿈은 주체의 절망과 소망이 비유적으로 표현된 현실의 다른 이름이 아닐까 생각하게 된다. '누구'라는 인칭대명사가 사용된 만큼 시인은 꿈의 주체를 특정하지는 않았지만, 이는 비인칭의 생명까지 포괄하는, 인류와 지구의 현실을 표상하는 꿈이 아닐까 생각된다. 물에 잠기고 녹물이 새는 것은 밀물 때가 되어서라거나 철조망으로 인해서라고 간단하게 말해볼 수도 있을 것이다. 그러나 이를 지구의 해수면이 상승하고 인류에게 "경고판"이 세워지는 온난화의 현실로 의미를 더해서 읽어보는 것이 "서로의 우는 소리를 배운 건 우연이었을까"라는 문장을 더욱 시적으로 탐문해가는 방식이 아닐까 싶다. 그렇다면 지구와 인류가 비명을 지르는 꿈의 세부를 좀더 정확하게 살펴볼 필요가 있을 것이다.

기후 재난과 동물의 시선

인간의 생명과 동물의 생명 사이의 '위계'는 자연스러운 것일까. 성경 창세기에 보면 신이 아브라함에게 외아들 이삭을 번제물로 바치라고 명령하는 대목이 나온다. 아브라함이 순종하여 신이 명한 장소에 이르러 칼을 빼어 든 순간 아이에게 손을 대지 말라는 천사의 목소리가 들리고, 아브라함은 희생 제물로 준비된 숫양 한마리를 발견하게 된다. 이때 양은 살아 있지만 '죽일 수 있는 존재'가 되고, 인간의 생명과 비인간의 생명 사이의 위계는 자연스러운 것이 된다. 인간의 생명에만 적용되었던 '정의'라는 개념을 동물의 생명에까지 확장하여 '동물 정의'*에 관한 철학적 성찰을 보여준 데리다는 지난 2세기 동안 그 이전과는 다른 규모로 이루어진 사육과 조련, 유전학적 실험, 육식의 산업화, 인공 수정, 게놈 조작 등의 폭력을 '제노사이드' 즉 '종족 말살'이라는 표현을 빌려 비판한 바 있다.**

『서로의 우는 소리를 배운 건 우연이었을까』에 드리워진

* 강남순 『데리다와의 데이트』, 행성B 2022, 323면. 창세기 인용을 포함하여 데리다의 동물에 대한 논의는 이 책 303~27면을 참고하였다.
** 자크 데리다 「동물, 그러니까 나인 동물」, 최성희·문성원 옮김, 『문화과학』 2013년 겨울호, 339~40면.

기후 재난은 인간 중심의 생명 윤리에서 배제된 동물의 죽음과 멸종 위기를 통해 구체화된다. 이는 주로 '불'과 '물'에 의한 재난, 즉 산림이 불타고 바다가 사막화되면서 동물이 서식지를 잃거나 종(種)이 소멸되는 모습으로 나타나는데,* 이처럼 생명이 사라진 현장을 시인은 "중장비 소리가 커졌다/동물들이 하늘에 내걸렸다"(「동물도감」)라고 묘사한다. 인류에게 기후 재난의 비극을 실감케 한 인도네시아와 오스트레일리아의 대형 산불의 원인이 지구온난화로 인해 뜨겁고 건조해진 날씨 때문이라고 하든, 인도네시아의 팜유 농장과 오스트레일리아의 석탄 산업 때문이라고 하든, 거대한 방화의 책임이 인간의 욕망을 동력으로 삼는 전 지구적 자본주의의 식탐과 난개발에 있다는 사실을 밝혀두는 것이다. 시인이 기후 재난의 불길을 일컬어 '일부러 불을 지른' 것이라는 의미로 '방화'라고 쓰고, 방화범으로 자신(우리)을 지목한 것("몽타주 대신 거울이 부착된 방화범 수배 전단", 「방화」)은 이 때문일 것이다.

* 이를테면 다음과 같다. 인도네시아 산불로 잿더미가 된 숲에는 불에 탄 동물들의 "검은 뼈"가 쌓이고 서식지가 파괴된 오랑우탄의 멸종 위기는 심화되었다(「동물도감」). 오스트레일리아 산불이 할퀴고 간 숲의 "회벽"에는 "숨탄것들"의 "손톱자국"이 새겨졌고 코알라는 멸종위기종이 되었다(「방화」). 하천 정비 사업과 수질 악화로 "물줄기가 막힌 괴정천"에서 '웅어'가 사라졌고(「탯줄」), 연안 개발로 인해 "석회 가루를 뒤집어쓴" 암반과 해저에선 바다 생물이 자라기 어렵게 되었다(「침식」).

나는 칠천년 전 반구대에서 태어났다
뼈작살과 돌살촉을 견디며
굳은살처럼 퇴적된 물살과 흙살을 헤쳐왔다

사연댐의 만수위,
철창에 갇힌 짐승처럼 울부짖으며 발톱을 드러낸 물
할퀴이고 뜯겨 나간 나는 희미해졌다

물에도 뭍에도 속하지 못한 채 익사를 되풀이하며
실안개로 홀레구름으로 떠돌다가
다른 넋들과 빗물로 부서져 내렸다

파고를 붙견디며 바다와 한 몸임을 증언하려 했다
나를 삼킨 생명들

벼릿줄에 지느러미가 잘리고 소용돌이에 휩쓸렸다
갯가로 떠밀려간 몸은
몽돌에 빻아지고 밀썰물에 흩어졌다

바람이 육지 깊숙이까지 실어 온 비린내
원시의 돌로 연곡 능선에 삶을 새겨온
인간의 질긴 시간 속에서 암각화는 여전히 자맥질 중

이다

> 그믐사리, 고래좌가 눈물로 떨구는 성영을 받아먹으며
> 장생포와 반구대 사이에서 전생을 기억해내려 할 때
> 훅, 갯내와 흙내가 뒤섞였다
>
> —「상괭이」 전문

  반구대 암각화 속의 고래는 멸실 위기에 처해 있고, 토종 고래 상괭이는 멸종 위기에 놓여 있다. 사연댐이 만수위에 이르면 암각화가 물에 잠기게 되고, 이로 인해 그림이 급격히 훼손되어 사라질 위기에 처한 것이다. 암각화에 그려진 고래는 하천의 수위가 높아지면 물에 잠기고 낮아지면 모습을 드러내기를 반복하면서("물에도 뭍에도 속하지 못한 채") "익사를 되풀이하"는 운명이 되었다. 상괭이는 그물에 걸려 죽거나 불법 어획으로("벼릿줄에 지느러미가 잘리고 소용돌이에 휩쓸렸다") 수가 급격하게 줄어서 멸종 위기로부터 보호해야 하는 동물이 되었다. 고래이지만 하천에서도 살아가는 터라 하구나 갯가에서 상괭이의 사체가 발견되기도 한다. '물'과 '뭍'에 걸쳐 있거나 바다와 하천을 오가는 이들의 생태를 시인은 "물살과 흙살", "갯내와 흙내"로 얽어서 시의 앞뒤에 겹쳐놓았다.

  이 시를 특별하게 만드는 것은 자기고백적인 화자의 목소리이다. 1연의 '나'는 물살에 침식되어 존재마저도 희미

해진 암각화의 '고래'이고, 4연의 '나'는 그물에 걸려 지느러미가 잘린 채 뭍으로 떠밀려온 '상괭이'이다. 마지막 연에 이르러 상괭이의 "전생"이 "칠천년 전 반구대에서 태어"난 암각화의 고래임이 암시될 때 두 목소리는 하나로 합쳐진다. 이 목소리가 헤쳐온 시간, 그중에서도 자본의 자연 지배가 본격화된 지 2세기, 댐이 건설된 지 반세기는 파괴와 훼손의 역사이다. '할퀴이다, 뜯겨 나가다, 삼켜지다, 잘리다, 휩쓸리다, 빨아지다' 등의 서술어는 이들이 살아낸 시간을 여실히 보여준다. "실안개로 흘레구름으로 떠돌"며 자연 그 자체가 된 상괭이의 영혼이 인간과 고래가 자본에 침식되지 않았던 "칠천년 전"의 전생으로 거슬러 올라갈 때, 시인은 파괴와 훼손의 역사에 패하지 않는 생명과 순환의 가치를 떠올리고 있는 것이 아닐까. 그때서야 비로소 상괭이는 죽음의 "익사"가 아니라 생명의 "자맥질"을 계속할 수 있을 것이다.

　　두들겨 맞는 로봇 개
　　감전에서 감정으로 이어지는 손찌검
　　뒤섞이는 쇠와 피의 비린내
　　로봇을 따라 개가 운다

　　알베르토 광장에서 니체가 껴안고 울었다는
　　매 맞던 말과 눈이 마주쳤다면

(⋯)

로봇 개가 제 눈에 나를 담는다

내 눈도 너로 가득 차고

복제되는 하울링
　　　—「서로의 우는 소리를 배운 건 우연이었을까?」 부분

　감정적인 "손찌검"으로 "두들겨 맞는 로봇 개"의 모습이
1연에 등장한다. '로봇 개' 학대의 윤리적인 문제에 대해 말
하려는 것일까. 하지만 이 시는 고통을 느끼지 못하는 로봇
개에 대한 폭력을 경유하여 역설적으로 '고통을 느끼는' 개
에 대해, 나아가 다른 동물의 고통을 '함께 느끼는' 동물 일
반에 대해 말하려는 듯 보인다. 시인은 '매 맞는 로봇 개'에
이어 "알베르토 광장"의 "매 맞던 말"에 대해 쓰고, "말뚝"
과 "쇠사슬"이 만든 "1.0미터 남짓한 둥근 세상"에 묶인 '백
구'를 떠올린다. 그리고 동물이 고통을 느끼고 서로의 고통
에 교감한다는 것을 '울음'과 '시선'을 통해서 보여준다. 개
의 하울링을 매 맞는 개의 울음으로 이해한다면 "복제되는
하울링"은 울음에 조응하는 울음이 될 것이다. 개가 '매 맞
는 로봇 개'를 따라서 우는 것, 니체가 '매 맞는 말'을 껴안

고 우는 것이 이와 같다. 구제역 사태 때, 산 채로 매장되는 가축의 울음과 가축을 매장하는 인간의 울음도 다르지 않았을 것이다(「묻힌 울음과 묻는 울음, 그 물음을 회피한 겨울이 지나고」).

시 속에는 '나'를 바라보는 로봇 개의 시선이 존재하고, 니체를 바라보는 말의 시선이 존재한다. 「당신의 죄명은 무엇입니까?」에는 "쇠창살" 안에서 화자를 바라보는 '눈표범'의 시선이 등장하기도 한다("저 먼 곳에서 내다보는/당신과 눈이 마주쳤다"). 여기에서 개가, 말이, 눈표범이 인간을 바라보는 시선을 기억해야 할 것 같다. 동물은 인간이 바라보는 대상으로만 존재하는 것이 아니라 인간을 바라보는 동물 주체로서도 존재한다. 그래서 인간과 동물이 서로를 바라보는 순간을 "로봇 개가 제 눈에 나를 담는다//내 눈도 너로 가득 차고"라고 강조하는 것이 아닐까. 니체와 말, 화자와 눈표범의 '눈이 마주친' 순간을 인지하는 것 또한 마찬가지일 것이다. 인간이 동물을 수단이나 상품으로 대하지 않기에, 이들의 생명이 마부의 채찍질과 관람객의 입장료 속에 포획되지 않기에 가능한 순간일 것이다. 시인이란 동물의 시선을 인지하는 자이며, 시선의 나눔이란 그 무엇보다 시적인 순간이 아닐까. 그러므로 생명을 가진 존재들이 서로의 고통을 느끼는 것, "서로의 우는 소리를 배운 건" 우연만은 아닐 것이다.

노동자도 엑스트라도 죽는 극(劇)

　자연의 파괴와 동물의 울음만이 아니다. 인간의 생명도 삶이라는 전장 위에 위태롭게 걸려 있다. 시집 속에는 다양한 직군의 노동자가 등장한다. 배달 노동자(「치킨은 철새다」 「엑스트라」), 택배 노동자(「로켓 배송」), 청소 노동자(「유리벽」), 전기 노동자, 경비원(「폐전선」), 콜센터 노동자(「서커스」), 의류 수거 업체의 외국인 노동자(「저 작은 날개를 얼마나 파닥여야 그곳에 닿을 수 있을까요?」) 들이다. 주로 육체노동자이며, 이들의 육체는 질병과 사고에 노출되어 있거나 직간접적으로 죽음과 연계되어 있다. 이들은 특히 팬데믹 상황에서도 노동을 멈추지 않았던 필수 노동자들로, 감염의 위험을 무릅쓰고 묵묵히 맡은 일을 해내며 도시의 혈관을 연결해주었다. 시인은 이들의 생활 전선을 각 장마다 다른 주인공이 등장하는 사실주의극처럼 시공간의 교차, 모티브의 병치 같은 몽타주 기법을 활용하되 대부분의 등장인물이 죽는 영화처럼 펼쳐 보인다.

　전봇대 위에 걸쳐놓고 힘껏 당겼다 길은 휘어지기 쉬운
　재질이어서 제멋대로 꼬이기 일쑤였다 흉터처럼 불거진
　과속방지턱, 종일 과적 차량에 까이고 쏠리고 이면도로는
　코드가 뽑힌 채 군데군데 파여갔다

흰 붕대를 조심스럽게 벗기듯 경비원 K가 공장 진입로에 쌓인 눈을 치웠다 요즘 부쩍 다리가 붓고 저릿하여 병원을 찾은 K에게 의사는 혈액순환이 문제라고 했다 막힐 듯 끊길 듯 느려진 혈류

　해무 짙었던 그해 여름, 변압기 주변에서는 타다닥, 스파크가 튀었다 구릿빛 팔뚝의 젊은 K가 갈라진 허공을 용접했다 불꽃은 건설 중인 해안 고속도로를 타고 성난 파도의 아가리 속으로 치달았다

　절룩이는 걸음으로 재촉하는 출근길, 찌릿찌릿 전류가 다리를 타고 땅속까지 흘렀다 디딜 때마다 길이 움찔거려 K는 자신의 등뼈에 기대어 어깻숨을 몰아쉬었다 발목을 거머채는 길을 뿌리치며 멀어지는 일터를 잡으려 할 때

　갑작스러운 폭설, 허공 길이 툭툭 불거졌다
─「폐전선」 전문

전기 노동자인 '젊은 K'(1, 3연)와 '경비원 K'(2, 4연)의 삶과 노동이 교차하며 서술된다. 이들의 배경과 육체는 각각 '해무 짙은 여름'과 "갑작스러운 폭설", "구릿빛 팔뚝"과 '붓고 저릿한 다리'와 같이 서로 대비되지만, 삶이 크고 작은 곤경

에 처하기는 매한가지여서 젊은 K는 전선 작업에, 경비원 K
는 "혈액순환"에 문제를 겪고 있다. 이들을 시공을 달리한
K, 한 인물로 보아도 무방할 것이다. 시 속에서 '길'의 맥락
은 자못 의미심장한데, 언뜻 각각 '전선'과 '혈관'을 의미하
는 듯 보이지만 궁극적으로는 '생(生)'의 은유라고 할 수 있
다. "폐전선"은 이들의 삶의 현장을 더욱 선명하게 드러내는
장치일 것이다. 젊은 K에게 길은 "제멋대로 꼬이기 일쑤"이
며, "까이고 쓸리고" 곳곳이 패어 있다. 경비원 K에게 길은
자비 따위는 없이 "발목을 거머채는" 대상이다. 이들에게 길
은 평평하거나 매끄럽지 않을뿐더러 관대하지도 않다.

이들이 직면하고 있는 '전선'과 '혈관'의 문제, 곧 생의 문
제는 노동자의 '안전'과 '건강'을 상징적으로 보여준다. 앞
에서 언급한 필수 노동자들은 전통적인 의미에서의 노동 착
취가 아니라 이들이 처한 물질적 조건과 작업 환경에 의해
안전과 건강을 착취당한다.* 3연을 보면 전봇대 변압기에서
"타다닥, 스파크가 튀"고 불길이 번진다. 이것이 전봇대 화
재이든 변압기 사고이든 이 장면 속에서 젊은 K의 생명과
안전은 보장되지 않는다. 4연에서 경비원 K는 "어깻숨을 몰
아쉬"며 "찌릿찌릿" 저린 다리로 "절룩이는 걸음"을 재촉하
지만 공장에 닿지 못한다. "멀어지는 일터"는 더는 걷지 못

* 슬라보예 지젝 『팬데믹 패닉』, 강우성 옮김, 북하우스 2020,
184~85면.

하고 쓰러졌다는 의미이지만 해고되었다는 의미에 훨씬 가까울 것 같다. 하지만 생명의 관점에서 읽든 실직의 관점에서 읽든 현실적인 의미는 동일하다. 일터를 잃는 것은 생명, 곧 살아가는 방도를 잃는 것이기 때문이다. 생명의 본류는 '순환'에 있을 터인데, 젊은 K가 애써 "갈라진 허공을 용접" 해보아도 인생은 좀처럼 이어지고 순환되지 않은 채 "툭툭 불거"질 뿐이다. 그러므로 삶의 전장인 폐(廢)전선은 곧 폐(肺)전선인 셈이다.

혈관 속을 치달리는 로켓
덩달아 나도 할딱이고

잠든 아파트를 깨우지 않으려는
조심스러우면서도 조급한 피돌기

밤이 붓거나 터져도 로켓처럼 움직여야
가능한 새벽 배송

(⋯)

살갗을 스치는 밤 비늘의 한기
수혈 마친 새벽 해가 붉다

———「로켓 배송」부분

끼이익, 당신들 코앞에서 급정거!
움찔하셨나? 당신들도 달려봐
팝콘처럼 터지는 함박눈, 난 입을 벌려
받아먹지, 달리지, 발에 차이는 캐럴
신호음으로 시작되는 레이스, 액션!
길 위 찌푸린 시선들이 내 멱살을 잡는다
(…)
액셀을 당겨! 더, 좀더
튀는 불꽃과 고무 타는 냄새
정지신호를 부수고 달려야 더 바삭거리지

(덜컹, 세상이 슬쩍 내민 발에 걸려 뒤집힌 오토바이
튀겨진 성탄 전야를 들이받고)

―「엑스트라」부분

　노동자의 삶과 죽음의 맥락은 노동자의 목소리로 발화하는 시에서 인상적으로 드러난다. 「로켓 배송」에서 '나'는 택배 노동자이다. "로켓처럼 움직여야/가능한 새벽 배송"은 노동의 속도와 강도를, 혈관 속에 로켓을 장전한 노동자의 은유는 비인간적이고 반생명적인 노동을 강요하는 현실을 보여준다. 택배 노동자는 도시의 혈관을 이어주지만 정작 노동자의 혈관은 제대로 순환되지 않는다. "혈관""피돌기"

"핏줄" "수혈" 등의 '피' 이미지는 생명이 아니라 죽음 쪽으로 연결되어 있다. 「엑스트라」에서 '나'는 배달 노동자이다. "정지신호를 부수고 달려야 더 바삭거리지"는 신속 배달의 속도와 위험을 보여준다. "액션!" 구호와 함께 성탄 극장의 배달 "레이스"가 시작된다. "성탄 전야" "함박눈" "캐럴"은 주연 배우에게는 더없이 극적인 배경이 되지만, 엑스트라인 화자에게는 더없이 극악한 노동 조건이 된다. 극이 끝날 무렵 오토바이는 뒤집히고, 엑스트라에게 유독 "불친절한" 길은 생명의 반대쪽으로 이어져 있다.

시집에서 '나'가 화자로 등장하는 시는 개인의 내면을 탐사하고 고백하는 경우와 사회적 약자의 목소리로 발화하는 경우로 나누어볼 수 있다. 특기할 것은 후자의 경우인데, 살펴본 바대로 그것은 노동자의 목소리이지만, 침수 피해를 입은 반지하 거주민의 목소리(「절반의 얼룩, 말」)이기도 하고, 밀려나지 않으려고 안간힘을 쓰는 철거민의 목소리(「탭댄스」)이기도 하다. 시인은 이 목소리를 그림자의 존재론으로 풀어내기도 하는데("물 덮고 자는 밤//그림자에 물때가 낀다", 「절반의 얼룩, 말」; "절뚝이는 내 스텝/무너진다/땅바닥을 박박 기는 그림자 새", 「탭댄스」), 이는 그림자의 의미를 새삼 환기하지 않더라도 사회의 '뒷면에 드리워진 검은 그늘'에 대한 묘사라는 것을 확인할 수 있다.

시집 말미의 「극의 기원」에는 "그림자와 그림자가 섞여 또다른 극(劇)이 된다"라는 문장이 있다. 여기서 그림자의 의미는 밤, 산, 물, 나무와 같은 근원적인 자연과 닿아 있다. 이때 '극의 기원'은 '시의 기원'처럼 읽히기도 하는데, 시집 속에서 그림자는 생명에 대한 침잠과 생명 파괴에 대한 비참을 동시에 품고 있다고 할 수 있다. 생명에 대한 경외가 깊기에 멸종과 죽음의 현실이 더욱 뼈아픈 것 아니겠는가. "등장인물이 거의 다 죽었다고요"(「저예산 영화」)라는 외침은 극의 결정적인 결말이 된다. 그렇다면 "무고한 죽음들 뒤에 살아남은 미소"(같은 시)를 극의 결말이라고 할 수 있을까. 이에 대해 시인은 '투명 인간'의 저항권에 대해, 즉 생명의 순환과 몸의 연대에 대해 말한다.

투명 인간의 저항권

켄 로치 감독의 영화 「빵과 장미」는 청소 노동자를 투명 인간으로 취급하는 현실을 보여준다. 시인은 "청소 작업복의 비밀이 뭔지 알아?/이 옷을 입으면 투명 인간이 된다는 거야"(「유리벽」)라는 대사를 인용하여 청소 노동자에 대한 차별과 배제를 강조한다. 도시 빈민에 대하여 "그들이 붙어 사는 사연은 한줄도 나오지 않았다"(「담쟁이」)라고 쓰거나 장애인 이동권 문제에 대하여 "숨어 살던 존재들이 머리를 내밀면 댕강 잘려 나갔다"(「턱」)라고 말할 때도 투명 인간의 비유는 작동한다. 이들은 존재하지만 보이지 않는 인간, 살아 있지만 죽어 있는 존재이다. 외국인 노동자 혐오, 젠더 차별, 난민 문제, 동물권 등을 다룬 시에서도 투명 인간은 존재한다.

투명 인간의 저항권은 '순환'과 '연대'에서 발견할 수 있다. 시인이 자연의 물길과 인간의 혈관, 즉 물의 흐름과 피의 흐름을 생명의 원류로 보고, 물길과 혈관이 끊기거나 막히는 것을 죽음으로 보는 것은 생명 순환의 대안적 의미를 귀하게 여기기 때문일 것이다. "몸과 몸을 잇대어"(「낭독회」) 진실의 길을 만들고, "마디와 마디가 잇닿"(「뼈 밭」)아 역사의 진실을 증언하는 것은 연대의 의미를 보여준다. 투명 인간의 저항권은 "끊어진 길을 이으려는 몸부림"(「턱」) 속에서 실현되고, "천년이 넘도록 함께 부른" 노래와 연대의 순간 "혼자가 아니라는 안도"(「오르골」) 속에서 구현되는 것이다.

『서로의 우는 소리를 배운 건 우연이었을까』는 기후 위기의 국면에서 동물의 생명권을 조명하고, 코로나바이러스 팬데믹 상황에서 새로운 노동계급에 대해 사유한다. 기후, 동물, 노동이라는 주제를 통하여 생명에 대해, 타자에 대해, 계급에 대해 진지하게 성찰한다. 이 과정에서 동물의 생명권을 인간을 바라보는 동물의 시선과 연결짓고, 새로운 노동계급을 노동자의 죽음, 즉 건강과 안전의 착취라는 측면에서 서술하는 부분은 현실에 대한 시인의 날카로운 인식과 깊은 성찰을 보여준다. 그 결과 『서로의 우는 소리를 배운 건 우연이었을까』는 섬세하게 그려낸 파괴의 형상으로 가득하다. 하지만 '파괴로부터만' 새로운 생명의 모습과 사회적 관계가 발명될 수 있는 것이 아닌가.* 거대한 재앙의 전조가 드리운 "죽음의 땅"(「오보」) 위를 잘못된 걸음으로만 걷고 있는 우리에게 이동우의 시는 인간과 동물과 상괭이의 영혼까지를 포함하여, '다르게 살아가는 생명'을 발명할 때가 '지금-여기'라고 말한다.

金怜熙 | 문학평론가

---

* 파괴로부터만 "다르게 살아가는 영혼"이 등장한다는 사유는 조르조 아감벤『얼굴 없는 인간』, 박문정 옮김, 효형출판 2021, 144면에 나오는 내용이다. 이 글에서는 슬라보예 지젝『잃어버린 시간의 연대기』, 166~67면의 번역을 참고하였다.

바람이 거셌다.
무너질 때 뿌옇게 날리던 게 뼛가루였다는 걸
나중에서야 알았다.

2023년 3월
이동우